KB056125

뉴로얄사우나

파란시선 0007 뉴로얄사우나

1판 1쇄 펴낸날 2016년 10월 30일
1판 2쇄 펴낸날 2017년 7월 31일
지은이 서동균
펴낸이 채상우
디자인 최선영
펴낸곳 (주)함께하는출판그룹파란
등록번호 제2015-000068호
등록일자 2015년 9월 15일
주소 (07552) 서울특별시 강서구 공항대로 59길 80-12, 3층(등촌동)
전화 02-3665-8689
팩스 02-3665-8690
모바일팩스 0504-441-3439
이메일 bookparan2015@hanmail.net

ⓒ서동균, 2016, printed in Seoul, Korea

ISBN 979-11-956331-7-3 04810
　　　979-11-956331-0-4 04810 (세트)

값 10,000원

뉴로얄사우나

서동균 시집

시인의 말

골목을 지나
광장으로 가는 길이 있다.
담장에 가려진 그늘에서
상실한 시간을 찾아
그 소리에 귀 기울일 수 있는
빈터가 될 것이다.

차례

제2부

제4부

해설

제1부

환청

맞은편 숙소 테라스에
플라스틱 의자 두 개가 놓여 있다
바람 한 점 없는데
바람이 되려는 의자가 움직인다
등을 떠미는 반대편 관성
타일 바닥에 놓인 무게를 밀어낸다
자는 시간과 깨어 있는 시간의 구분이
모호해진 한 평의 공간
퍼붓는 장맛비에 흔적이 끌려간다
딱딱한 상실을 경험한 자들이
마주하고 섞인다
하얗게 혹은 캄캄하게 들리는 비명이
짙푸르게 깔리고
이름·잃은 별이 더 높아진다

그늘

골목 어귀에 웅크린 그늘은 아르마딜로
누군가 툭툭 치거나
생각하지 않았던 일이 닥치면
둥글게 둥글게
골목 안으로 들어가는 야행성이지
보이지 않는 눈, 들리지 않는 소리
공구리 바닥 틈새로 사라진 햇살
너무 마르면 그냥 뚝 부러지거나
너무 젖으면 질기게 휘어지는
이곳저곳에 남은 이야기들
조근조근 균열이 난 담벼락은
헐거운 기억에 익숙하고
큰길에서 들어가
동네 안에 구석구석 난 좁은 길은
국어사전 귀퉁이에 자리한 골목에서
오랫동안 전해지는 이야기로
어금니 같은 등딱지를 만든다

다른 교실

　교실에 나무가 있어요 높이 자란 어둠으로 두꺼운 껍질을 만드네요 햇발과 바람이 통과한 뱀 허물 같기도 해요 몸을 비워 사리를 남긴 누룩뱀의 몸뚱이일 수 있죠 교실은 너무 어두워 서 있는 것과 걸어가는 것 뛰어가는 것이 한가지로 보여요 그래서 나무들마다 같은 무늬를 가지고 있나 봐요 빈 몸에 들어와 울다 간 아이의 눈물 자국이죠 회색빛 교실에 비치는 햇살도 회색이네요 북극지방의 백야같이 잠을 못 이루는 시간이 흔들리고 있어요 왼쪽과 오른쪽을 같이 보여 주는 거울은 이곳에 없어요 모두가 왼쪽이거나 모두가 오른쪽인 나무들이 빼곡히 숲 속을 메우고 있거든요 어쩌면 나무는 키가 큰 콩나무일지도 몰라요 책상이 몹시 흔들거릴 때면 새순이 돋아 교실 밖으로 올라가거든요 어긋난 시선이 폭염에 마른 저수지 바닥으로 타들어 가네요

길 건너는 방법을 찾는

고개를 좌우로 돌리는 일이
지평선과 수평선의 차이를
글자 한 자라고 밝히는 것일까

차선이 시작하는 지점에서
둥근 도로를 건너 보이는 저곳

어쩌면 GJ 1214b* 행성의 극점을
허블 우주 망원경으로 찾아보거나
대기권을 떠나 워프로 이동해
GJ 1214의 그림자를 이리저리 맞추는
계약직 일일지도 모르지

속도의 쏠림이 가져온 저항

오른발을 아니 왼발을
왼발을 아니 오른발을

왼발을 아니 오른발을
오른발을 아니 왼발을

길 건너는 방법을 찾는

●GJ 1214b: 2009년 지구에서 40광년 가량 떨어진 'GJ 1214'라는 적
색왜성에서 찾아낸 외계 행성.

남은 자, 남겨진 자

출근길에 지하철 문을 두드리는 K가
들릴 듯 말 듯한 소리로 중얼거려요
분간할 수 없는 기운이
사람들 속에 섬으로 솟아오르네요

먼 바다에 있는 섬
사방으로 가다 보면 언젠가는 육지와 만나
더 멀리서 보면 그도 육지였겠죠
고성에 남아 있는 해자 같기도 해요
깊이를 알 수 없지만
누군가에겐 치명상을 입힐 수 있죠

창을 겨눈 군사들이 몰려가다 주춤한
그 낡은 노끈 같은 기록이
햇살에 실루엣으로 돋아나네요
입자들이 산만하게 알몸을 내보이며
섞이고 충돌하고 튕겨 나가는 거리가
늘 그 자리에 있겠죠

선택

숨을 쉬고 있어요
돈을 주고 쉬는 숨이에요
본능을 이어 가는 것인지
울타리를 넘어서려는 것인지
숨을 쉬다 보면 헷갈리네요
싸지 말아야 해요
안 싼다고 벌이 감해지는 건 아니겠죠
모로 가도 서울로만 가면 된다는 속담이
사실인지도 모르겠어요
달인지 해인지 둥글다는 것만으로
빛을 봤다고 말하면 어떨까요
고통과 환희가 하나라는 사실을
월식과 일식이 몸소 보여 주고 있잖아요
뒷면을 내보인 별들을 두려워했던
고대의 의식이
잠재된 기억으로 남아 있나 봐요
싸고 나면 더 깊게 숨을 쉬고
순간 멈칫한 기분, 다들 아시잖아요

가면 축제

베네치아 산마르코 광장 축제에선
울긋불긋한 깃털 달린 가면을 쓰지
축제를 위해 새가 되는 거야
지상에서 너와 나는 멀어
솟구쳐 하늘을 날면
가까워지는 느낌이야
무라노 섬이나 부라노 섬에서
빨갛고 파란 가면을 쓰고
한밤에 불타다 너울에 휩쓸리지
곤돌라를 타고 리알토 다리를 지나는
좁고 어두운 안에서
무겁게 빛나는 밖을 보는 거야
화려한 가면 속에 번쩍이는 눈은
심장을 박동시키는 근육이지
굳으면 생명을 잃는 심근처럼
가면 밖에 있는 너는
종루에서 울리는 파동인 거야

물음

　파란 혀 도마뱀을 본 사람 있나요? 환각 때 봤다는 정신
병원 수감 환자는 퇴원을 시켜야 해요. 어떻게 생겼냐고
길이는 얼마고 몸통은 어떻고 혀가 정말 파랗냐고 묻는 여
자는 주머니가 텅 비어 있을 거예요. 구멍 난 주머니 밑단
으로 눈알을 숨겼겠죠. 그래서 튀어나온 눈만 보면 흥분
하는 거예요. 느낌이 어떠냐고 진지하게 물어보는 수의사
가 있기도 해요. 흰 가운에 단 명찰은 수정란같이 미끌미
끌해요. 뒷모습을 새로 만들고 있는 중이죠. 앞뒤를 자유
자재로 닿고 싶어서 파란 혀 도마뱀이 필요한가 봐요. 하
늘이 맑은 날을 디데이로 잡고 있어요. 긴 혀를 돌돌 말아
파란색 가운을 입을 거예요.

우리에 가둔 이유

집이 아파트 일 층이라 개를 키운다
거실에 깔린 나무 바닥하고
색깔이 비슷한 갈색 푸들이다
하루 종일 혼자 있다가

뭉친 시간이 솜사탕처럼 퍼지는 저녁

사람들이 하나둘 귀가하면
뱅뱅 돌거나 희뇨(喜尿)를 여기저기 싸다
벌러덩 드러눕는다

향나무가 온종일 햇볕을 가려
춥고 캄캄한 집에서 버틴 거다

가끔 절벽에 서 있는 남자같이
발톱이 뾰족하게 나온다

몸을 던진 남자의 무게가
깊어진 그림자에서 빠져나간다

어느 때부터인가 우리에 가둔 이유다

낯선 혹은 익숙한

거리를 걷지
지하철이나 버스를 타고
익숙함이 강렬한 경계에 내려
무작정 걷는 거야
왠지 여자가 다가오면
어깨에 부쩍 힘이 들어가고
한동안 없었던 생물학적 충동에 대한
은근한 기대 아니면 기억
그녀가 있는 거리만큼 쏟아 내지
마조히즘이나 사디즘에 대한
잔존하지 않는 향수는
낯설지도 익숙하지도 않지만
돌부리에 걸려 넘어지거나
행인과 심하게 부딪히는 것이
대열을 이탈한 개미처럼 잊히는
상상인지 모르지
철공소 담벼락에 버려진 철판에
밤이 빨갛게 찢어지고
문득 스치는 망각의 사이가
낯선 혹은 익숙한

껍데기

촉촉한 피부가 늘 그렇듯
항온과 변온의 중간쯤에서 거래를 하지
두더지처럼 무른 땅을 찾아
끙끙대며 내려가지 않을 거라면
다 뻗어 내지 못할 울음을
설렁한 껍데기 안에 놓고
목청 떨림판으로 쓰지 않을 거라면
누구나 두고 가는 껍데기를
꼭 새것으로 가지고 있을 필요는 없지
이리저리 굴리다 퍽 터지는
그런 가벼움이 아니라면
저글링을 하다 툭 떨어지는
그런 상심이 아니라면

누구나가 하나쯤 두고 가는 옷을
꼭 새것으로 가지고 있을 필요는 없지

담

원단을 쪼가리로 자르거나
기성복을 만드는 가위처럼
담은 시간의 형태를 구분한다

길거리의 일상이
습자지에 번진 먹물로 혹은
노트북 자판 소리 전화벨 소리
무선 인터넷의 속도감으로
바특한 시간을 시침질한다

달팽이관을 좌우로 흔드는
낮과 밤의 구분은
더 이상 형식에 구애받지 않는다
새는 카본으로 만들고
물고기는 갑옷 비늘로 헤엄친다
향기 없는 꽃은 향기를 만들고
울타리를 넘어가지 않는다

우툴두툴 담을 올라간 담쟁이가
결속이 풀린 스테이플 철침으로

건조한 사무실 바닥에
우수수 쏟아진다

선창

파도치는 방파제 앞에
잡어회 한 접시 나오는 선술집이
내장이 빠지고 껍질이 벗겨진 알몸으로
텅 비었다

예인줄에 단단히 묶인 어선이
이리저리 사납게 흔들리고
계선주를 틀어쥔 밧줄로
과부댁 혼자 부르는 노랫가락이
선창을 오달지게 잡아당긴다

질긴 고무장화 같은 밤
폭우가 금속성 채칼을 통과하고
삐득삐득 마른 꼼치가
눈을 뜨고 바다로 돌아간다

백열등이 응어리로 고인 사득판에
젖은 개밥바라기가
켜켜이 이를 악문
굳비늘 조각으로 반짝인다

검은 잎

무더위를 안으로 가라앉힌 나뭇잎
바람이 파랗게 밀려들면
흔들림이 바닥에 크롭 서클을 그린다
젖은 소리를 가둔 바람이
잎사귀로 나뭇가지를 흔들 때
바닥은 멀어 뒤를 버리고 뛰어야 해
번지점프 로프에 매달린 낙하물로
허공의 저항에 끼일 수도 있어
골목을 컹컹 헤집고 다니던
유기견의 콧등에 걸린 햇살이
모지라진 동전으로 반짝이고
흉부를 비운 소주병은
엑스선 사진처럼 상표를 드러낸다
기억을 고용한 검은 잎
사이사이 허공을 채우는
크롭 서클 마디로 돋아난다

증발

벽에 금이 갔어요 위아래 층에서 물을 쓰면 다 들리고요 더 갈라지나 보려고 누군가 사인펜으로 콩콩 찍어 놨어요 어쩌면 글씨를 못 쓰는 204호 아줌마일지도 몰라요 40년 정도 된 건물인데 시도 때도 없이 떨어지는 타일 조각 소리에 잠을 못 자는 사람들이 바닥을 삭삭 긁으며 시간을 밀어내기도 해요 건조를 서두른 편백나무처럼 누르고 밀다가 더 뒤틀린 게 틀림없어요 표시를 해 놓은 곳은 아무도 살지 않는 옥상까지 이어져 있어요 아래층은 별로 안 그런 것 같고 맨 위층이 더 심하거든요 숲으로 가는 길일지도 모르죠 햇살에 걸린 침묵으로 가로세로 금이 선명해요

간경화로 고생하던 김 씨가 지난겨울 짐을 싸서 금 안으로 들어갔어요 동네에선 혼자 살다가 숲 속으로 야반도주를 했다고들 해요 미로 같은 금이라 어디로 갔는지 알 수가 없거든요 매끄럽던 계단 바닥은 자식 놈 걱정하다 흥부통으로 쓰러진 305호 아줌마의 손톱 조각이죠 어쩌면 대패를 숲으로 날려 버렸을지도 모르죠 시멘트가 울퉁불퉁 잘 깨지거든요 재건축을 한다고 안전 진단도 받았어요 계측기들이 끊어진 먹선을 찾아다니네요 수축 팽창

에 적응하지 못한 기둥이 층층이 살점을 떨어내고 있어요
둥치가 우지끈 흔들리면 김 씨와 305호 아줌마같이 증발
할 수도 있다네요

제2부

세렝게티 초원의 사내

찰칵찰칵 슬라이드 필름이 스크린에 분광되고 있다
술에 취한 남자가 전봇대를 잡고
전력 질주를 한 세렝게티 초원의 치타처럼
숨을 헐떡이고 있다
언제부터인가 순간 시속 100킬로를 주파하고 나면
하늘이 노랗게 어지럼증을 느낀다
한 장 한 장 흑백필름이 스크린을 메운다
강소주를 서너 병 마셔도 거뜬했던 시절은
저렇게 흑백이었을까
칠성판을 타고 하늘로 올라가야 할 때는
몸이 가벼워야 한다고
술만 마시면 게워 내는 사내
이제 초원을 달려 본 기억도 가물가물하다
동시 상영관의 영사기처럼 돌다가 그대로
부서질 수 있다는 것을
수십 번을 보고 나서야 알아차린 사내
전봇대를 붙잡고 여전히 제 무게를 게우고 있다

사막의 밤

가시가 돋은 장미는 이곳에 없다
사그아로 같은 마담
열기를 이겨 내며 모래언덕을 넘는다
뜨거운 바람이 지나간 자리엔
불혹의 낙타가 입술에 립스틱을 바른다
즉석 이벤트가 열리는 장미 찻집
가슴은 속내를 비워 낸 종려나무 꽃으로 피고
바닥에 쌓이는 빈 병은
단봉에 담겨진 단단한 혹
모래 늪에서 발견한 양가죽 물주머니를
기이한 노랫말로 등골에 집어넣는다
맥주 컵으로 탁자를 내리치는 사내
차가운 밤이 움찔 선다
미세한 구멍으로 기화한 물
어둠은 얼굴을 바꿔 가며 드러난다
사하라의 나신을 밟고 지나간 낙타의 발굽이
통유리 창에 살차게 새겨지고
일수 일자로 빼곡한 빛바랜 장부가
위스키에 취해 닥지닥지 별이 된 밤
테이블마다 삼투압질하는 촛불이

묵묵히 횡단하는

회피의 진실

아이가 트럭에 치어 손을 내밀었죠
굳어 버린 멍한 머릿속엔 그 순간이
비디오 정지 버튼으로 노이즈가 생긴 듯
퉁퉁거리는 기억으로 흘러가곤 하죠
삼백여 조각으로 부서진 몸의 느낌은
덤프트럭보다 무겁게
수십 년 동안 가슴을 짓누르네요
횡단보도를 건너는 사람들이
염산에 부식한 동판처럼
차선에 녹아들었어요
구치소 철창 같은 어둠에
저도 그 안에 갇힌 미결수였죠
아이는 저의 눈물도 모두 훔쳐 갔어요
반쯤 감긴 눈은
낚싯줄에 걸려 퍼덕이는 아가미처럼
아침 햇살을 가까스로 잡고 있었죠
돌아서면 그늘이 지는 고정된 자세로
한동안 그 안에서만 살아온 시간을
붉은 바다에 놓아주기로 했어요

폐선

바다가 내게 다가와 손을 내밀면
난 뒷걸음질 치며 물러서지
함께 있으면서도
물과 기름으로 밀고 당기지
부러진 돛대, 휘어진 방향타
유리창이 깨진 선실에
목소리 굵은 어부를 태웠던
거친 항해의 기억을
깊은 바닷속에 던진 거야
비무리가 몸을 버리고 뛰어든
시퍼런 난바다
녹슨 용골 같은 어부의 등뼈로
그물을 걷어 올리던 시간이
너울거리는 바다를 건너간 거야
공중에 연을 띄우다
실이 다 풀린 얼레 같은 선체가
태양 아래에서 그림자로
바다를 출렁이고 있지
억센 파도의 흔적으로
몸을 삭이면서

뉴로얄사우나

삼십여 년 전 아버지를 따라
빨간색 페인트로 나무 간판을 쓴
남탕에 처음 갔다
아마 부산에서였을 거다
경상도 사투리만큼 억센 때수건으로
온몸 구석구석을 한 번에 쭉
밀어 주었고
목욕이 끝나면
따뜻한 병우유를 사 주었다

오 년 동안
담도암으로 투병 중인 아버지하고
빨간색 네온간판이 반짝이는
뉴로얄사우나에 갔다
뼈마디가 앙상한 손, 발, 다리
그리고 광대뼈가 튀어나온 얼굴을
초록색 때수건으로 밀어 드렸다

아버지 몸에 핀 검푸른 주름꽃이
단단한 가슴으로 선로를 받쳐 들고

끝내 바닥이 되어 버린

묵묵한 침목(枕木)으로 남아 있다

겨울 아침

기온이 뚝 떨어졌다
차 유리창엔 밤새 내린 눈이 쌓이다
제 체온에 녹아 꽁꽁 얼어 버렸다
알몸을 숨기려 눈을 수북이 받은 몸짓이
은근슬쩍 몸을 더듬는 와이퍼를 꽉 잡는다

눈치코치 없는 일이 벌어지는 아침

입김이 그대로 얼어 버린 날엔
어쩌면 좀 더 밀어 주기를
내심 기다렸는지 모른다
물을 흠뻑 뒤집어쓴 똥개가
부르르 떨며 물기를 털어 내듯
횡하니 불어 대는 바람이 눈을 쓸어내린다
포천댁 엉덩이를 만지던 손가락처럼
그가 톺아본 한밤의 흔적이
유리창에 자지러지게 남아 있다

무화과 껍질처럼 빨갛게 들킨 얼굴
혹한을 달구는 겨울 아침!

물의 이동

　꽉 닫힌 엘리베이터는 물이 출렁이는 유리컵이다 안쪽
이 칸칸이 위치를 바꿔 눈높이를 달리한다 고독이 사물을
공중에 투영한다 바삭한 오후가 기름종이처럼 바다를 흡
입하고 공중은 더 높아진다 잘 짜인 알루미늄 창틀 너머
차가운 여백이 보이고 복도를 오가는 행인이 햇살로 비켜
선다 고요를 뒤트는 것은 사물이 움직이는 시작 무게 추
에 따라 10층 20층 위아래로 모습이 바뀐다 호흡이 가빠
지는 여자가 호흡을 가다듬는다 핸드백에 담긴 파우더 향
이 엘리베이터 안에 비릿하게 번지고 정오를 알리는 시보
(時報)가 문틈으로 부서진 시계를 던진다 시침과 분침이
물로 쏟아진다

치약을 짜내며

셀프타이머를 맞춰 놓은 세탁기가
묵은 달빛을 탈수하며
아직 어두운 새벽을 덜컥덜컥 흔들어 깨운다
새벽에 가장 먼저 하는 일은
치약의 몸풀기 스트레칭
기본동작은 가볍게 하품을 거둬 내는 것부터
지압점을 따라 두통의 무게를 저울질한다
손가락이 지날 때의 느낌은
싱크대에서 콩나물의 날씬한 몸매를 더듬던
차가운 물의 손놀림
제본소 환기통으로 흘러나오는
미세 먼지 같은 일상이
진공청소기의 먼지 주머니로 부풀어 오르고
똑각!
치약의 뚜껑처럼 튕겨져 나가는 아침

엑토플라즘
―어떤 기억

가끔은 깨끗이 면도한 고흐가 되어 일그러진 지점의 끝을
흔들어 보듯
　서 있는 자리가 명쾌하게 고정될 때가 있다
　엑토플라즘이 그림자를 잃어버리고 다른 방문을 두드
릴 때
　깜짝 놀란 화병의 꽃처럼 푸드득 화폭에 바람이 분다
　선과 면을 떠난 고흐를 만난다는 것은
　관람선의 위치가 뒤바뀌거나 나와 네가 뒤바뀌는 것
　유리 보호판에 비춰지는 반사체는 어떤 기억을 떠올리지
못한다
　0.5그램의 무게로 이동한 흔적
　관람객에 밀려 평면거울에 비친 사물로 투영된다
　등식을 풀어내지 못한 별이 빛나는 밤*은
　팽팽한 비닐 랩을 관통한 날카로운 송곳이다
　그곳에 또 다른 눈이 있다

●별이 빛나는 밤: 빈센트 반 고흐의 작품.

출근

오전 일곱 시, 러시아워다
상도터널로 밀려드는 차들은
입김을 뿜어내며 거친 숨을 몰아쉬는
툰드라지대의 순록 떼
눈 덮인 이끼를 찾아
이동하는 본능이 터널로 향한다
동토를 깨우는 발굽 소리는
아침이면 조각 퍼즐로 모였다가
저녁이면 뿔뿔이 흩어지는
도미노 행렬의 구성이 된다
보이지 않는 터널의 끝
척박한 땅에서 긴 겨울을 이겨 낸
이누이트 족의 두터운 손이
낡은 차의 핸들을 잡고 있다
핑고를 지치는 날카로운 발굽,
아등바등 힘을 겨루는 순록이
햇살에 뿔질을 해대는 아침

응시

재봉틀 바늘이 지나간 밤은 닫혀 있다
무뎌진 알심이 노루발 사이를
쉼 없이 드나드는 것은
밀물과 썰물로 상처 난 지느러미가
수면을 박차는 일이다
이를 악물고 바다를 버린 조기가
생선구잇집 연탄불 위에서 눈을 부릅뜬다
꾸덕꾸덕 마른 비늘은
뒤틀린 길을 보고 애오라지 띄워 놓은 부표다
뻑뻑한 돌림바퀴가
내려가다 올라가기를 반복하고
끝이 보이지 않아
가슴이 철렁거리다 헝클어진 기억이
흐물흐물 표류한다
돋보기 너머 선득한 밤을
푸넘이 만든 뼈가 꼿꼿하게 세운다

재활용 수거차

한강로를 달리는 재활용 수거차에
염소의 흰 수염처럼 고드름이 자란다
골목을 굴러다니다 모여든 폐품들
쩌렁쩌렁한 양철 냄비가
찌그러진 확성기 소리를 뱉어 낸다
우당탕퉁탕 부서진 플라스틱 바가지며
흠씬 두들겨 맞아
쩌억 갈라진 나무 빨래판이며
어제는 촘촘했던 무가지(無價紙) 활자들이
산통을 깨고
딸랑딸랑 매달려 간다
과속방지턱을 지날 때마다
뚝뚝 부러지는 고드름

페인트가 벗겨진 트럭 한 대
햇귀를 밀어내며 발정하고 있다

통로

캄캄한 아파트 통로는 고생대 화석층
햇살은 거미줄에 걸려 돌돌 말려 있고
밖에서 서성이던 여자들의 수다가
유리문에 얼굴을 바싹 비비다
층내역암으로 창자 속에서 굳는다

이억 년이 흘렀을까 삼억 년이 흘렀을까
외계에서 보낸 전파가
시간이 멈춘 절연체로 우편함에서 맴돈다

침식의 흔적을 찾아보면
생수를 든 마트 배달원이 지나갔고
택배 회사 직원이 지나갔고
신문 배달원이 서둘러 지나갔고
관리비 내역서가 널브러져 있다

연대가 불확실한 통로에서
부식한 디지털 숫자가
다트판에 꽂힌 화살로 발견된다

조각

의수(義手)를 한 장인(匠人)이
덕수궁 돌담길에서 조각을 한다
쇠숫돌에 등이 갈린 창칼이
서늘하게 피나무를 파 내려간다
덮개를 벌컥 열어젖힌
우물 같은 조각판이
바람이나 비 혹은 구름을
밑그림으로 그린다
돌기둥으로 올라온
멍멍한 공명(共鳴)이 탑을 쌓는다
삼각도가 허공에 결을 내고
평칼에 베인 상처가
무뚝뚝하게 부스러기로 밀려난다
돌이 깎이고
풍화한 기억이
오래된 우물에서 철렁 깨어난다

짜라투스트라는 이렇게 말했다

종이컵에 길을 낸다

하늘에 천둥이 치다 번개가 불꽃을 일으키듯

줄을 긋는다

가 보지 않은 세계가 지평선 너머에 있다

지구본의 기울기만큼

균형 감각을 상실한 수평이 수직으로 세워진다

폭풍우를 뚫고 가야 하고

어쩌면 끊어진 적막처럼 피부가 없는

3D 화면의 철로를 따라가야 한다

지구는 둥글다는 딱딱한 신념

앞으로만 뻗어 있는 기억

끝을 생각하면

앞을 가로지르는 총소리가 총알로 보인다

소리의 시작은 불꽃이 튀고

공이의 타격을 느끼는 지점이다

거기서

매몰원가처럼 빠지는 시(詩)

종이컵에 코팅된 비닐을 손톱으로 벗겨 낸다

제3부

옥탑방 빨랫줄

팔레스타인 분리 장벽에 그려진 새가
비산 먼지 덮인 재개발 지구 하늘을 날고 있다
누군가 공사 가림막에 둥지를 틀어 놨다
이역만리 먼 곳이라
팔레스타인 사람들의 외침을
다 가지고 오지는 못했을 거다
탕—탕—탕—, 항타기의 굉음이
노랗게 버석이는 연탄재를 갖고 노는
아이들의 웃음소리를 딛고 사라진다
새총으로 저항하던 그들의 깃발은
마당귀에서 삐꺽삐꺽 헛물만 켜는 녹슨 펌프
나카브 사막의 끝을 바라보던 새가
관절을 비틀듯 떨치고 일어나
철거를 거부하는 늙은 용접공의
옥탑방 빨랫줄에 앉아 하늘을 본다
부러진 철근을 용접하던
토치 불꽃 같은 초록빛 태양이
들국화가 뿌리 내린 골목을 비추고
용접공의 힘줄 같은 빨랫줄이
맑은 하늘을 팽팽하게 당기고 있다

광장

광장에 서면 소리가 들린다
공사장 복공판 아래에 동굴이 있다
굴착기로 땅을 파 내려간 흔적이
흰수염고래 줄무늬처럼
심해로 내려간다
시간이 멈췄던 흔적이다
나선형 암모나이트 화석이 작은
소리를 만든다
광장을 진동시키는 것은
알타미라 동굴벽화 붉은 들소가
뿔에 힘을 주고 달려갔기 때문일까
반구대 암각화 향유고래가
거친 물살을 헤치고 지나갔기 때문일까
벽화 속 사냥꾼들이
창을 들고 뛰어갔기 때문일까
박달나무 북채로 가죽을 울리면
울림통에 담기는 소리로
어쩌면 그들은 오랫동안
여기서 춤을 추고 있었을 거다
끝나지 않을 긴 의식을 위해

치장을 하고 흥겹게 노래를 부르고 있는 거다
그 소리들은
우리가 잠을 자고 있는 사이에
모였다가 흩어진다
돌절구로 찧어서 돌확에 담은 소리가
앞마당을 오랫동안 흔들듯
쌍골죽 소금 소리 향비파 소리 슬 소리가 섞이고
와공후 소리까지 들린다
그렇게 광장을 새롭게 채화(彩畵)하고 있다

실종자

실종자 한 명이 접수됐다
찌그러진 철제 책상 위에
너덜너덜한 장부를 비추는 햇살의 프리즘
시간을 봉인한 벽을 추적하는
도굴꾼의 트라울이
창살로 막힌 사무실을 은밀히 들어와
뿌옇게 쌓인 먼지를 털어 내고 있다
사망 사건이 아니므로 검시 기록이 있을 리 없다
두꺼운 표지에 눌린 기억을
놓지 않으려는 사람들
이름 옆에 쓰인 실종 일자가
그들의 족적을 대신하고 있다
조문 리본으로 타이핑되는 이름들이
서류철의 무게를 늘린다
수사 중 접근 금지!
철컥철컥 여닫는 캐비넷 서랍에 '시ㄹ조ㅇ' 철자가 악
착같이 물렸다
트라울의 뾰족한 탐문이 황급히 뒷걸음질 치고 있다

육교에서

　박카스 종이 상자를 육교 위 바닥에 내려놓아요. 칠월 땡볕이 내리쬐는 시멘트 육교는 트럭에 올려진 전기 구이 통닭 기계예요. 나는 벌거벗고 돌아가며 속살을 내보인 생닭이죠. 껍데기가 붉게 그을리고 더 이상 버틸 수 없을 때 익기 시작해요. 그때 비로소 뽑힌 깃털 같은 동전과 지폐가 들어오죠. 액수가 늘어 가면 등에 구멍이 뻥 뚫려요. 사오 미터 높이에서 부는 바람이 몸을 통과하는 거예요. 날개 없는 다이슨 선풍기처럼 모든 것을 비워 버린 내용증명이 광고물 부착 방지판에서 나부끼고 있어요. 옴짝달싹할 수 없는 몸통은 집행관이 붙여 놓은 빨간딱지인 거죠.

낙원상가 골목

낙원상가 골목은 뚝 끊어진 가죽 혁대
듬성듬성 술국집 백열등이 꺼진 자리는
버클 구멍이 해진 것 같다
불경기 한파가 골목까지 밀치고 들어와
강소주에 오뎅 국물 하나로
서너 시간을 보내던
노인과 막일꾼의 자리가 비어 가고
연탄불에 지글지글 익던 곰장어는
손놀림을 들킨 마술사의 표정을 닮아 간다

주인 잃은 청려장 같은 가로등

가장자리가 깨진 울퉁불퉁한 옹기 시루에
갓 부화한 병아리처럼 대가리만 내민 콩나물이
알몸으로 눈을 받고 있다
스티로폼과 종이 박스로 울타리를 친 노숙자는
깡마른 그림자를 지키고 있다

악기를 등에 메고
낙원상가 계단을 올라가는 연주자

1/2 바이올린을 켜 볼까, 3/4 바이올린을 켜 볼까
술꾼들의 수군거림을 줄 위에 올려놓은 그가
소리의 깊이를 넘나드는 활로 현을 켠다
은빛 플루트가 곰장어의 등줄기로 꿈틀댄다

나뒹굴던 알루미늄 캔맥주가 터지고
행인이 지나갈 때마다
발뒤꿈치에서 피어나는 눈이
보도블록을 교체한 낙원상가 골목을 덮는다

흔적

터다지기를 끝내고 기둥을 세운다
층별로 상판이 하나씩 올라가면서
그림자에 농밀한 등뼈가 자란다
형광등이 종도리로
몸집을 지탱하는 함바 집에서
공사장 잡부가 두툼한 손
한두 개 남은 치아로 잡채밥을 먹는다
주름이 깊게 파인 얼굴은
고랑과 이랑을 태우던 햇살의 흔적이고
삐뚤삐뚤한 나무젓가락질은
헛디뎌 온 그의 이력이다
기울어진 등뼈 마디를 잇는 철사가
공사판을 전전하다 해진 손수건으로
허리춤에 걸려 있다
팔뚝에 새겨진 담배빵 자국이
찜통질에 이골이 난 표정을 읽고
앞주머니에 구겨 넣은 담배꽁초가
노랗게 타는 속내를 내보인다

완산골

종로경찰서 골목으로 들어가면
완산골 해장국집이 있었다
삼 층 건물에 나무로 장식한
시인들의 사랑방이었다
시(詩)만 알고 장사를 도외시한 최호일 시인이
하루아침에 쫓겨났던
그렇게 시밖에 모르던 사람들이 드나들던
작은 주막이 문을 닫았다
혹한에 보일러가 터져
스패너를 들고 이리저리 뛰어다니다가도
소주 한 잔 들이키던 그는
한 해가 지나고 기온이 영하로 떨어진 오늘
횡단보도 건너 다소 생뚱맞았던
완산골 간판이었다
LP판에서 흘러나오던 김추자 노래,
님은 먼 곳에 그 시인도 있었다

새벽 공사장

새벽 네 시 가리봉오거리
얼기설기 차를 타고 온 사람들
쇠망치로 구멍을 뚫은 드럼통에
황태 같은 장작을 모아
애면글면 불을 지핀다
옷 틈새로 파고드는 삭풍이
낯선 얼굴들을 더욱 낯설게 만들고
공사장 구석에 버려진 면장갑은
희끗희끗한 잔별로 돋아난다

단단한 여백을 깜냥깜냥 쪼아 대는 부리

멧비둘기가 알을 깨고 나오듯
불꽃이 드럼통 위로 오돌지게 솟구친다
목소리가 트인 소리꾼처럼
질통 속으로 햇살이 실리고
장작 마디를 태우는 불잉걸은
울림통에 주저흔을 만든다

먹이를 찾아 솟구친 난새,

비계를 올라가는 인부들이
출근부에 적힌 구겨진 이름을 편다

닭

꽁꽁 언 마당에 닭장이 있다
손님이 오는 날에는
닭을 한 마리씩 잡는다

나무 도마 위에 올려놓고 목을 치면
축 처지는 닭
팔팔 끓는 물에 집어넣고
뚜껑 위에 벽돌을 두어 장 올려놓는다

개구리 울음보처럼 들썩이는 덮개

푸다닥,
명줄이 남아 있는 닭이 뛰쳐나온다

목이 댕강댕강 질긴 껍질만 붙어
마당을 휘젓고 돌아다니는 닭

볏 시울이 켕긴 활시위로
어둑한 허공을 쉴 새 없이 벤다

하겐다즈

각이 있는 건물 하겐다즈
달콤한 아이스크림이 흘러내려요
여자가 애인이 아내가 자리 잡고
얼굴 없는 그녀를 사랑해요
지붕에 감춰진 건물의 골격
흔들리는 해먹을 받쳐 든 뼈대
세트장에서 만든 영화처럼
공명을 돌출시키는 하겐다즈
감기거나 끊어진 와이어 줄이
투명하게 얽힌 유혹
캄캄한 소품 창고를 가로질러
수천 번 같은 길을 오가는
갈라파고스 땅거북처럼
지구 반대편 아스팔트 도로에서
이면을 꿈꾸는 기억

침묵의 형태

바람에 흔들리는 노란 조등을 보면
숨겨 둔 마음을 들킨 것 같다
신촌 세브란스병원 장례식장엔 조등이 없어
거울에 비친 그 모습으로 문상을 간다
검은 구두, 검은 넥타이, 일렬로 선 조문객들이
빈 두레박 같은 말을 내보인다
천신, 지신, 조상께 고하는 향이
늦반디로 몸을 사르다 바닥에 뼈를 묻는다

숨겨 둔 물은 달이 될 때가 있다
캄캄한 내면에 그림자를 보여 주다가
그림자를 밖으로 끄집어내기도 하고
정화수 한가운데 덩그러니 떠 있는
그냥 달이 되기도 한다
가끔 바람이 찾아와
젖은 달을 가져가기도 한다

전자 서명을 하는 녹명부(錄名簿)에
사설조의 곡소리 대신 침묵이 선명하다
봉투에 오돌도돌 인쇄된 부의(賻儀) 글자로

뼈가 드러난 말이
뒤엉킨 구두 소리에 순간 어수선해지고
한 무리의 조문객이 왁자지껄 멀어진다

어느 귀천(歸天)

깜깜하다 눈을 뜨고 손을 내저어도
잡히는 것 하나 없다
거친 주먹질에 멍든 상처가
아직 보라색 등꽃으로 남아 있다

산도(産道)를 나온 방문 앞이 절벽이다
사정없이 날아온 아비의 주먹에
세 살배기의 가쁜 숨이 멎는다
찬 밤공기가 남겨진 육체를 감싸 안는다
쳐다보기만 하는 어미
둥지에서 떨어진 개똥지빠귀 새끼처럼
풀린 동공은 여전히 어미 쪽을 향한다

영하 십이 도의 칼바람이
주검을 시커멓게 얼린다
얼음장 같은 방바닥에 버려진 노장
구석진 베란다 벽에 걸린 풍장
쓰레기 더미에서 파헤쳐진 조장
태어날 때 덮었던
흰색 이불에 겹겹이 싸여

택배용 상자에 버려진 아이가
황토색 테이프에 묻은 어미의 지문을
놓지 않았다

풀잎에 베인 햇살이 반짝인다

한바탕

한 손으로 유모차를 밀고
다른 한 손으로 큰아이 손을 잡고
봉천동 현대시장 언덕을 내려간다
삼복더위에 땀이 비 오듯 흐른다

미끄덩!
손잡이를 놓쳐 굴러가는 유모차
아뿔싸!
뛰어가 보지만
시장통 사거리로 돌진한다

유난히 이마가 튀어나온
둘째 놈 얼굴이 퍼뜩 스친다

바퀴는 사정없이 굴러
맨 꼭대기에서 곤두박질치는
빨간색 롤러코스터

핑 도는 더위,
여우비 내리는 햐!

안타성 타구를 잡아내는 외야수처럼
유모차를 낚아채는 청년!

타디그레이드

한동안 집은 비어 있었다
온기가 사라진 벽은
서로에 기대어 겨울을 난다
조붓조붓 버티던 신문지가
감춰진 습기를 투과시킨다
부시시한 머릿결,
굶주린 배를 움켜쥔 하루
휘어진 양은 냄비 손잡이같이
해쓱하게 걸터앉아
몽돌로 부딪치는 아이가
반쪽 남은 눅눅한 라면을 끓인다
구석에 처박힌 빈 박스에는
시름시름 앓던 잠꼬대가
가풀막지게 담겨 있다
빙하기와 간빙기를 온몸에 새기고
지층별로 흔적을 남긴 타디그레이드가
캄캄한 쪽방촌 유리창에서
파랗게 불꽃을 일으킨다

옹이

400여 년 된 느티나무 옹이는
심해를 안고 있는 고동이야
높다란 파도, 울컥한 수면
들숨 날숨으로 궤적을 남긴 바다를
안으로 밀어 넣었지
웅성거리는 바람이 머물다 가면
짠 냄새 물씬 풍기는
굳은살 하나 만들어 놓잖아
햇살이 감열지를 태워
땅에 흔적을 남길 때
애벌레가 풀잎을 갉아먹어
허공에 빈자리를 만들 때
가열된 복사기 드럼이
평평한 나를 훑고 지나갈 때
층층이 밀려간 그림자가 사무실에
옹이를 하나씩 만들지
밤새도록 바닷소리가 웅웅대는

제4부

목련이 말하다

딱새가 간질이고 간 공중에
목련이 참았던 웃음을 터뜨린다
새색시 저고리 옷고름이 풀린 듯
하, 흐벅진 봄이
목련꽃 한 송이 내놓는다
해울을 머금은 봉우리는
장대 끝에 걸린 청사초롱
은사(銀絲)로 해끗한 햇살을
푸들푸들 꺽지게 털어 낸다
화왕산에 불타는 억새가
새품을 산허리에 풀어놓듯
아릿아릿한 목련꽃이
봄날에 먼저 와 한껏 속삭인다

신화는 살아나고

굴참나무에는 신화가 살아 있다

점토판에 새겨진 수메르의 뱀이
사막의 낮달을 나뭇잎 사이에 걸어 두고
오글오글 껍질째 걸려 있다
깊은 계곡을 베어 내는 살바람이
자드락비를 투닥투닥 망치 삼아
시간의 아랫부분부터 나이테를 새겨 넣는다

꿈쩍 않는 뿌리가 화석으로 묻히는 계곡

낮결에 걸린 해에 지친 사람들이
너덜겅으로 걸어 올라간다
강더위에 굴참나무를 오르던 구렁이는
물낯에 탁본된 채 물 위를 건너가고
된비알마다 쑥덕쑥덕 핀 조팝나무 꽃은
가슴털이 쌓인 둥지로 박새 몇 마리를 품었다
꿈틀꿈틀 차가운 비늘들의 연동운동
푸다닥—
몇 번의 날갯짓이 수면 위에서 물수제비를 뜨고

유프라테스 강에서 쓰러지는 갈대처럼
또 한차례 낮달이 기울어진다

조간신문

조간신문 이백 부를 등에 메고
손에서 놓친
두루마리 휴지 같은 골목을 뛴다
반으로 접고 다시 반 더 접어
손가락 사이에 끼워서
이층집 문틈, 지하방 창틈으로 던진다
평행봉에서 몸을 틀어 착지하듯
착착 꽂히는 신문은
백열등 켜진 시골집 마당에서
목청 좋게 홰치는 수탉이다

압력 밥솥 김 빠지는 소리가
얼음새꽃 핀 골목에서 알람으로 울린다
활자판에 꽂힌 활자보다 가지런하게
닭장에서 막 굴러 나온 달걀같이
대문 앞에 옹기종기 놓여 있는 아침 손님들
콸콸 쏟아지는 수돗물은
파이프 길이보다 긴 밤을 해감하고
야간작업을 한 윤전기의 체온이
동 틀 녘 닭벼슬처럼 선명하게 묻어 나온다

난로 위에서 뚜껑이 살짝 열린

도시락 같은 조간신문

보글보글 끓는 밥물로 기지개를 켠다

옥수수

아버지가 세상을 뜨고
부쩍 말수가 준 어머니가 왔다

비바람을 꺽지게 버티다
마디가 깡마른 옥수숫대처럼
골다공증과 관절염으로
주로 집에 있는 어머니

굳은살이 곳곳에 박인 손으로
손주들 먹이려고 옥수수를 쪄 왔다
시골에서 막 가져왔다며
큰 망에 담아 팔아
무거워서 사지 않았던 그 옥수수

신문지에 여러 겹 껍질을 벗겨 내고
부슬부슬 마른 수염을 털어서
찜통으로 푹푹 삶은 옥수수가
입안에서 쫀득하게 톡톡 터진다

연신 손주들 입가를 닦아 주는

어머니의 손바닥이

질근질근 씹던 속대처럼 달다

감자

왼쪽 팔뚝에 감자가 자란다

일곱 살 때 춘천에서
연탄 화덕에 감자를 구워 먹다가
눈 깜짝할 사이에 덴 상처

땅속으로 들썩 파고드는
황갈색 땅강아지처럼
피부에 깊숙이 들어갔다가
조랭이 떡국 같은 물집을
몇 개 터뜨리더니
별 모양 감자꽃으로 피었다

날이 궂으면
땅강아지가 터앝에서
흙을 헤치고 올라오듯
포슬포슬한 감자알이 꿈틀거린다

죽녹원

쭉쭉 뻗은 대나무가
배게 들어찬 죽녹원

봄샘바람에 초록 뼈가 돋는다

중력이 쏠리면
그 허공의 사리가
참죽에 하얗게 침전한다

쏴아—
댓잎 부딪히는 소리,
죽간으로 새벽을 깨운다

잔서완석루(殘書頑石樓)*
—광릉에 있는 잔서완석루에서

완석에 글을 쓰는 것은
바닥에 주춧돌을 놓고 기둥을 세우는 일

터를 다지고 치목을 하는 것은
분기와 화기를 소통하고
소나무 가지가 바람에 흔들리는
결을 보는 일

대들보와 종도리와 서까래로
바닥과 벽과 지붕을 잇는 것은
계절에 따라
세상이 변하는 색을 보는 일

추녀와 기와와 막새를 얹는 것은
하늘의 높이를 받아들이는 것이고
맞배지붕이 허공을 안으로 들이는 것이나
배흘림기둥이 내면을 밖으로 돌리는 것이나
내 안에 상념을 적바림하는 일이다

이 층 나무 책장에 햇살이 비추고

시멘트 벽에 따뜻한 기운이 돌고

틈새 바람이 잔뜩 웅크린 툇마루에

붙박이별이 살대로 빛나는 잔서완석루

●잔서완석루(殘書頑石樓): 추사 김정희의 서예 작품.

김장하는 날

어머니의 젊은 날은
고무 대야에 켜켜이 쌓여 숨죽인 배추

이사를 다닐 때마다
이리저리 긁히고 이가 나간 김장독이
부엌에 쪼그리고 앉아
배추를 손질하는 시간을 담아낸다

물을 잔뜩 머금은 이야기가
젖은 이불솜처럼 축 늘어지고
솜틀기에 끼인 응어리가
채칼로 썬 무같이 뒤섞인다

김치냉장고의 모터 소리처럼
맺힌 가슴을 풀었다 감으며
애옥살이를 천일염에 절이는 어머니

소쿠리에 잣눈 내리는 그믐밤
살 얼은 김치를 쭉쭉 찢어
밥 위에 얹어 주던 칠순 여정이

뜬숯으로 달아오른다

봄날 오후

보라매공원 잔디마당에
연산홍 꽃잎에 물든
또랑또랑한 웃음소리가
풍선으로 떠다닌다

네 살배기 경덕이는 비눗방울로
말랑말랑한 잔별들을 만들어
까치발로 하늘에 묶어 놓는다

민들레 갓털이 바람을 타고
물줄기를 뿜어내는 분수에선
흠뻑 젖은 파란 햇살이
아롱다롱 색동부채로 펼쳐진다

봄날 오후가 구름빵처럼 부풀고 있다

맑은 바다

아버지가 해물찜을 먹는다
가두리 양식장 같은 안경알 속에
오징어가 헤엄쳐 다니다
퍼뜩 찍— 하고 먹물을 쏘고는
눈망울이 큰 다람쥐마냥 사라졌다
휘휘 요것들,
떡밥으로 시장기를 달아 젓가락 낚시질을 한다
꽃게는 눈알만 내놓고 미더덕은 보이지 않는다
뜰채 같은 시야에 걸려든 녀석들
오징어가 다리를 비비 꼰다
아버지의 팔뚝에 핏줄이 돋는다
한참 때는 한 번에 여러 놈을 낚았을 텐데
악어가 먹이를 먹듯 먹는다
바다에서 건져 올리는 것이 아니라
바다로 빠진 거다
콩나물이 칭칭 감아 끌고 내려간다

파닥—
옷가지에 묻은 사투의 흔적이
감풀에 뿌리 내린 해초로 꿈틀댄다

한강, 스모그

시로코마냥 스모그가 한강을 접수하잖아
모습을 알 수 없는 응고된 고통일 거야
한차례 빗줄기가 휘몰아치면
무거운 시간들이 수많은 세균을 증식시켜
바다로 가는 물줄기를 허옇게 드러내겠지
기억은 물질들의 복잡한 계산식일 거야
기어이 붙잡고 마는 그림자는 흰 안대
아직도 세상을 더듬고 있는 나는 장애가 아니야
태양은 그림자만 남기고
자기가 해(解)라는 사실을 망각했어
밤에도 모습을 상실하지 않는 백야가 그리운가 봐
이참에 흑점들만 내 앞에 모아 두었지 뭐야
섭씨 육천 도의 고통을 내던져 버리고는
태풍의 평온을 선택한 거야
생명은 비려 그래도 바다로 가는 인연은 길이잖아
뱀장어의 숨통을 낚아챈 불법 조업자는
갈대밭에서 불어오는 바람을 뜨겁게 만들지
숨을 쉰다는 것은 태풍을 간직한 태동과 같지
그래서 스모그는 밤낮으로 하늘을 테두리로 감싸나 봐
청계산 매봉에서 보던 그 하늘의 언저리에

간지(間紙)로 자리 잡은 착색된 거름종이

퐁당퐁당 발버둥질 치는 개구리는 숨 막히잖아

아니카*

아니카!
당신을 보고 있으면
몬테카를로 해변이 생각나요
내리쬐는 햇살에 울렁이는 심장이
올리브 열매로 말라비틀어지죠

아니카!
파리에서 모나코로 밤새 달려온
유로나이트 기차같이
지중해를 바라본 당신은
수평선을 걷고 있어요
항구를 등지고 항해하는 요트보다
시원하게
센과 치히로**가 떠난 기차 여행을
혼자서 가는 겁니다

아니카!
붓으로 들어간 바다에서
눈을 그리고 코를 그리고 입을 그리면
첨벙첨벙 빨갛게 파랗게 노랗게 걸어오는

당신과 마주칠 거예요

●아니카: 미국 LA에서 활동하고 있는 천재 소녀 화가.
●●센과 치히로: 미야자키 하야오 감독의 애니메이션의 주인공들.

인사동 그곳에 가고 싶다

마른 시간을 움켜쥔 목조 문을 열고
인사동으로 들어선다
햇볕에 바싹 말린
고춧대, 질경이, 쑥대로 지핀 모깃불이
무더위를 쌈지길 안쪽까지 들인다
낭창거리는 능수버들 잎 소리
놋전에서 풍당이는 풍경 소리
싸락싸락 참매미 소리
흔들리다 이내 수직으로 내려간 소리들
알 수 없는 깊이가 뼈를 세우고
설면한 말소리가 살을 만들어
오래된 시간이 낫낫하게 살아 있는 인사동
화방에 펼쳐진 화선지의 묵음을
꾹 눌러 주는 문진의 무게는
소리가 골목 한쪽으로 기울면
다른 한쪽으로 힘껏
잡아당기는 내력(耐力)이기도 하다
인사동 그 집의 술잔 소리가
칡즙으로 알싸하게 출렁이는 곳
인사동 그곳에 가고 싶다

벙어리장갑

길바닥에 떨어진 벙어리장갑은 저체온증이다
행려병자의 시체처럼 이미 싸늘하다
쓱싹쓱싹
실밥에 매달린 고드름이
긴 밤을 잘게 썰고 있다
배곯은 도둑고양이가 묶어 놓은 분리수거 봉투를
발톱으로 할퀴고 지나갈 때
바람이 머물다 간 장갑 끝에 손가락이 돋아난다
툭툭 고요함을 터뜨리는 실밥을 꿰어
한 땀 한 땀 바느질하는 새벽 서리
고양이가 지나간 자리에는
장갑을 낀 발자국이 답삭답삭 걸어간다
허공을 통과하는 파란 태양에
움켜쥔 햇살을 조심스레 펴 본다

복도를 걷는

건물에는 복도가 있다 걸어가는 남자 뛰어오는 여자
스치거나 일정한 간격을 유지하는 생각의 틀이
기다란 공간으로 들어온다
면을 밟고 가다 선으로 교차하는 곳
진자 운동은 좌우로 갈라진다
건전지를 다 소모해서 멈춘 괘종시계의 분열점이다
툭툭 떨어지는 허공에 뜬 중력의 높이
그 통로에 그림자를 가진 실체들이 걸어 다닌다
반대편을 잇는 선에 멈춘 정지와 무한의 극점에서
그 남자의 목소리와 그 여자의 목소리가 섞인다
그들이 밟고 있는 콘크리트가 양생을 거치듯
빅뱅을 거쳐 우주가 팽창해 왔듯
쏜살같이 달려가는 가속도 붙은 목소리의 경계가
이물(異物)의 갈래로 복도를 형성한다
모든 것이
어둡고 그 남자는 두렵고
그 여자는 흥분하고 복도를 걷는

공간과 장소의 비밀들

이광호(문학평론가)

    시가 세계를 재현하는 것이 아니라, 이 세계의 비밀을 발견하는 것이라면, 그 비밀은 특정한 공간의 비밀일 수 있다. 서동균의 시에서 시적인 것은 공간의 비밀을 탐색하는 방식으로 진행되는 경우가 적지 않다. 그것은 단지 공간을 재현하거나 묘사하는 것을 의미하지 않는다. 시는 보이는 것과 보이지 않는 것의 일반적인 경계에 붙들려 있지 않다. 시는 보이는 것의 내부를 탐색하고, 보이지 않는 것이 문득 나타나는 순간을 대면한다. 그것은 공간 안에서 공간 너머를 드러낸다는 측면에서 '다른' 공간의 발명에 가깝다. 공간의 숨은 잠재성을 드러내는 것은 시적인 것의 중요한 일부가 될 수 있다.

    맞은편 숙소 테라스에
    플라스틱 의자 두 개가 놓여 있다

바람 한 점 없는데
바람이 되려는 의자가 움직인다
등을 떠미는 반대편 관성
타일 바닥에 놓인 무게를 밀어낸다
자는 시간과 깨어 있는 시간의 구분이
모호해진 한 평의 공간
퍼붓는 장맛비에 흔적이 끌려간다
딱딱한 상실을 경험한 자들이
마주하고 섞인다
하얗게 혹은 캄캄하게 들리는 비명이
짙푸르게 깔리고
이름 잃은 별이 더 높아진다

— 「환청」 전문

"플라스틱 의자 두 개가 놓여" 있는 "맞은편 숙소 테라스"가 있다. 시는 그 풍경을 묘사하는 것을 목표로 하지 않는다. 그 공간 안의 미세한 변화와 그 변화가 만들어 내는 공간의 내적 변형에 관심이 있다. "바람 한 점 없는데/바람이 되려는 의자가 움직"이는 것은 이상하고 미묘한 움직임이다. 그 움직임의 객관적이고 과학적인 근거는 중요하지 않으며, 그 움직임이 이 공간을 일거에 낯선 공간으로 만들고 있는 것이 중요하다. "등을 떠미는 반대편 관성"과 같은 표현에서 나타나는 것처럼, 이 시는 그 공간 안의 보이지 않는 내밀한 힘의 움직임에 집중한다. 그 집

중이 의미하는 것은 이 평범해 보이는 공간의 내적 특이함을 드러내는 것이며, 그 특이함이 하나의 사건으로 나타나는 순간을 시적인 순간이라고 할 수 있다. 이 공간에서는 사소한 사건들이 자꾸 일어난다. "퍼붓는 장맛비에 흔적이 끌려"가고 "딱딱한 상실을 경험한 자들이/마주하고 섬"이고 "하얗게 혹은 캄캄하게 들리는 비명이/짙푸르게 깔리고" "이름 잃은 별이 더 높아"지는 것과 같은 이상하고 미묘한 사건들 말이다. 그 작고 기이한 사건들이 이 공간을 다른 차원으로 바꾸어 놓는다.

이런 변화된 차원은 이를테면 "자는 시간과 깨어 있는 시간의 구분이/모호해진 한 평의 공간"과 같은 것이다. "자는 시간"과 "깨어 있는 시간"은 일상적인 시간을 둘러싼 일반적인 경계선이다. 의식의 주체는 시간을 의식이 있는 시간과 의식이 잠자는 시간으로 구분할 것이다. 그런데 "자는 시간과 깨어 있는 시간의 구분이/모호해진" 사태는, 이를테면 불면의 시간처럼 의식과 무의식의 경계가 흐릿해진 시간이다. 그 경계의 지워짐을 통해 의식의 주체성이 박탈당하는 시간 경험이다. 의식의 선명함과 주체의 통제력은 잘 수 있다는 가능성에 기대고 있는 것이다. 자지도 깨어 있지도 못한 시간은 '나'라는 존재의 기이한 깨어 있음이며, 능동적인 '자기'가 더 이상 없는 상황이다. 이런 시간 속에서라면 의자의 움직임과 같은 이상한 이미지를 보게 되고, "비명"을 듣게 될 수 있다. 의식과 무의식이 뒤섞인 상황 속에서 존재하는 것은 이런 기이하고 익명적인 이미지와 소리들이다. 시의 제목인 "환청"은 이 공간을 이상하게 만드는 것이 이 공간에 틈입한 이상한 감각들이라는 것을 말해 준다. 이 시가 드러내는 것은 "모호해진" 공간에서 '자기'가 없는 낯설고 익명적인 풍경이라고 할 수 있다. "환청"과 같은 착란의 감각이 틈입하는 이런 장면에서 '나'는 이 풍경의 주인이 될수 없다.

골목 어귀에 웅크린 그늘은 아르마딜로
누군가 툭툭 치거나
생각하지 않았던 일이 닥치면
둥글게 둥글게
골목 안으로 들어가는 야행성이지
보이지 않는 눈, 들리지 않는 소리
공구리 바닥 틈새로 사라진 햇살
너무 마르면 그냥 뚝 부러지거나
너무 젖으면 질기게 휘어지는
이곳저곳에 남은 이야기들
조근조근 균열이 난 담벼락은
헐거운 기억에 익숙하고
큰길에서 들어가
동네 안에 구석구석 난 좁은 길은
국어사전 귀퉁이에 자리한 골목에서
오랫동안 전해지는 이야기로

어금니 같은 등딱지를 만든다

—「그늘」 전문

"골목 어귀"의 그늘진 공간이 있다. 그 공간은 가죽이
딱딱한 동물인 '아르마딜로'가 웅크리고 있는 이미지로 변
형된다. '아르마딜로'의 이미지가 등장하는 순간부터 이제
공간은 달라져 버린다. 골목의 그늘은 '아르마딜로'의 신
체와 습성을 갖게 된다. "둥글게 둥글게/골목 안으로 들
어가는 야행성"의 이미지를 얻게 된 것이다. "보이지 않는
눈, 들리지 않는 소리"와 "공구리 바닥 틈새로 사라진 햇
살"은 그 공간의 특이성을 만드는 모호한 세부들이다. '보
이지' 않거나 '들리지' 않는 것, 혹은 "사라진 햇살"과 같
은 것들은 부재 혹은 흔적으로서만 남아 있는 것들이다.
이 공간의 특이함을 만드는 것이 실재적인 것이 아니라,
부재와 흔적의 이미지라는 것은 의미심장하다. "이곳저곳
에 남은 이야기들"은 골목 어귀의 그늘 속에 숨어 있는 순
간들에 대한 명명이라고 할 수 있다. 그 순간들은 누군가
의 "헐거운 기억"일 수도 있으며, 그때, 골목은 어떤 문자
들을 품고 있는 "국어사전 귀퉁이에 자리한 골목"이 된다.
'아르마딜로'의 등딱지처럼 말려 있는 골목의 그늘 속에는
이런 보이지 않지만 "오랫동안 전해지는 이야기"가 숨어
있다.

팔레스타인 분리 장벽에 그려진 새가

비산 먼지 덮인 재개발 지구 하늘을 날고 있다
누군가 공사 가림막에 둥지를 틀어 놨다
이역만리 먼 곳이라
팔레스타인 사람들의 외침을
다 가지고 오지는 못했을 거다
탕―탕―탕―, 항타기의 굉음이
노랗게 버석이는 연탄재를 갖고 노는
아이들의 웃음소리를 딛고 사라진다
새총으로 저항하던 그들의 깃발은
마당귀에서 삐꺽삐꺽 헛물만 켜는 녹슨 펌프
나카브 사막의 끝을 바라보던 새가
관절을 비틀듯 떨치고 일어나
철거를 거부하는 늙은 용접공의
옥탑방 빨랫줄에 앉아 하늘을 본다
부러진 철근을 용접하던
토치 불꽃 같은 초록빛 태양이
들국화가 뿌리 내린 골목을 비추고
용접공의 힘줄 같은 빨랫줄이
맑은 하늘을 팽팽하게 당기고 있다

> ―「옥탑방 빨랫줄」 전문

골목의 그늘에서 남은 이야기를 발견하는 것처럼, 공간의 잠재성을 여는 작업은 그 안에 숨어 있는 시간들을 호출하는 것이 될 수 있다. 위의 시에서는 전혀 다른 장소와 시간들을 상상적으로 연결하는 장면을 만날 수 있다. 앞의 시들에서 공간을 둘러싼 상상력이 익명적인 공간에 대한 것이었다면, 이 시에 등장하는 것은 보다 구체적인 맥락에서의 '장소들'이다. "팔레스타인 분리 장벽"과 "재개발 지구"의 공간은 지구의 반대편에 있는 장소들이지만, 그 공간들은 시적 상상력에 의해 연결된다. "팔레스타인 분리 장벽에 그려진 새가/비산 먼지 덮인 재개발 지구 하늘을 날고 있다"는 상상력 때문이다. 이 상상력은 "팔레스타인 사람들의 외침"과 "새총으로 저항하던 그들의 깃발", "헛물만 켜는 녹슨 펌프"의 이미지들을 재개발 지구의 "항타기의 굉음", "연탄재를 갖고 노는/아이들의 웃음소리"와 병치한다. 이 이미지들의 병치적인 연결은 공간적 상상력의 확장이라고 볼 수 있지만, 그 기저에 있는 것은 사회역사적 상상력이라고 할 수 있다. "나카브 사막의 끝을 바라보던 새"가 "철거를 거부하는 늙은 용접공의/옥탑방 빨랫줄에 앉아 하늘을 본다"는 상상력은 '새'를 매개로 억압과 소외의 '장소들'을 연관 짓는다. '새'는 이 두 개의 장소들을 넘나드는 시적인 상상력의 은유라고 할 만하다. 용접공의 "옥탑방 빨랫줄"의 팽팽함은 "용접공의 힘줄"의 이미지와 겹쳐 있지만, 이 시에서의 장소들을 들러싼 시적 상상력의 팽팽함이라고 해도 될 것이다.

삼십여 년 전 아버지를 따라
빨간색 페인트로 나무 간판을 쓴

남탕에 처음 갔다
아마 부산에서였을 거다
경상도 사투리만큼 억센 때수건으로
온몸 구석구석을 한 번에 쭉
밀어 주었고
목욕이 끝나면
따뜻한 병우유를 사 주었다

오 년 동안
담도암으로 투병 중인 아버지하고
빨간색 네온간판이 반짝이는
뉴로얄사우나에 갔다
뼈마디가 앙상한 손, 발, 다리
그리고 광대뼈가 튀어나온 얼굴을
초록색 때수건으로 밀어 드렸다

아버지 몸에 핀 검푸른 주름꽃이
단단한 가슴으로 선로를 받쳐 들고
끝내 바닥이 되어 버린
묵묵한 침목(枕木)으로 남아 있다
—「뉴로얄사우나」 전문

  "뉴로얄사우나"는 구체적인 장소의 이름이다. 실재하
는 이름이 주어진 장소가 제시될 때 그곳은 한 개인의 실존적인 이미지에 더욱 가까워진다. "뉴로얄사우나"는 아버지의 기억과 연관된 장소이다. 삼십 년 전에 아버지를 따라 처음 갔던 목욕탕의 기억은 투병 중인 아버지와 함께 갔던 "뉴로얄사우나"의 이미지에 도달한다. "뉴로얄사우나"라는 목욕탕 상호의 어감이 주는 과장됨과 허술함, 혹은 평범함은 아버지의 앙상한 신체에 대한 기억과 겹쳐진다. 그 옛날 아버지가 때를 밀어 주고 "따뜻한 병우유를 사 주"던 기억은 늙고 병든 아버지의 앙상한 육체의 때를 밀어 주는 장면으로 건너간다. 이 두 개의 장소들에는 아버지의 기억을 둘러싼 실존의 감각들이 새겨져 있다. "아버지 몸에 핀 검푸른 주름꽃"이 "끝내 바닥이 되어 버린/묵묵한 침목(枕木)"으로 비유될 때, 마침내 장소는 시간의 기억을 넘어서 늙은 신체 자체의 이미지를 얻게 된다. 이제 실존적 기억이 새겨진 장소는 다만 이름 없는 공간이기를 멈추고 한 인간의 신체적 시간이 기입되는 자리가 된다.

서동균의 시들이 익명의 공간 내부의 보이지 않는 세부들과 실존적 기억이 새겨진 장소들 사이에서 구축되고 있다는 것은 기이한 일이 아니다. 그것들은 시적인 상상력이 공간 혹은 장소와 맺는 두 가지 층위의 관련성을 잘 보여 준다. 공간의 상상력이 이름 붙일 수 없는 것들의 미묘한 세부를 만난다면, 장소의 기억에서는 지울 수 없는 시간의 이름을 찾아가게 된다. 시는 시간과 사건의 인과적 관계가 아니라, 하나의 시적 장면들 안에 내재된 다른 시

공간의 이미지들을 열어 주려 한다. 공간과 장소들이 비밀을 갖는다는 것은, 그 안에 시적인 상상력으로만 드러낼 수 있는 잠재성이 있다는 것이다. 이런 방식으로 시는 하나의 공간과 장소 안의 예기치 않은 내밀함을 경험하게 만든다. 그 경험은 상투적인 삶의 공간을 낯설고 풍부하게 만드는 시적인 경험이다. 첫 시집을 출간하는 시인 서동균의 공간적 상상력이 시적 담화 자체의 특이성을 드러내는 시적 개성으로 발화하기를 바란다.